Little Jamie Books	Los Libros "Little Jamie"
A Day in the Life	Un día en la vida
My Favorite Time of Day	Mi hora preferida del día
On My Way to School	De camino a la escuela
What Day Is It?	¿Qué día es?
What Should I Wear?	¿Qué debo ponerme?

Printing   1   2   3   4   5   6   7   8   9

Library of Congress Cataloging-in-Publication Data
Kondrchek, Jamie.
  My favorite time of day / by Jamie Kondrchek ; illustrated by Joe Rasemas ; translated by Eida de la Vega = Mi hora preferida del día / por Jamie Kondrchek ; ilustrado por Joe Rasemas ; traducido por Eida de la Vega.
     p. cm. — (A day in the life) (Little Jamie books)
  Summary: A rhyming story in English and Spanish that follows a kindergartener through her day as she learns to tell time.
  ISBN 978-1-58415-837-0 (library bound)
  [1. Stories in rhyme. 2. Time—Fiction. 3. Day—Fiction. 4. Spanish language materials—Bilingual.] I. Rasemas, Joe, ill. II. de la Vega, Eida. III. Title.
  PZ74.3.K66 2009
  [E] — dc22
                                                            2009018459

PLB

MY FAVORITE TIME OF DAY

A Little Jamie Book
Un libro "Little Jamie"

STORY BY/POR
JAMIE KONDRCHEK

ILLUSTRATED BY/ILUSTRADO POR
JOE RASEMAS

TRANSLATED BY/TRADUCIDO POR
EIDA DE LA VEGA

MI HORA PREFERIDA DEL DÍA

Bilingual Edition English-Spanish
Edición bilingüe inglés-español

Mitchell Lane
PUBLISHERS
P.O. Box 196
Hockessin, Delaware 19707
Visit us on the web: www.mitchelllane.com
Comments? email us: mitchelllane@mitchelllane.com

Tick tock, tick tock,
I hear the clock
Standing in my room.
"Get up. Get up,"
I hear mom say.
I yawn. "It's just too
   soon!"

Tic, toc, tic, toc.
Escucho el reloj
de mi habitación.
"Despierta, despierta",
dice mi mamá.
Bostezo: "¡Es tan
   temprano!".

Alone it stands,
The shorter hand:
"Seven," it seems to say.
The longer hand
is at the 12.
Time to begin my day.

Sola y derechita,
la manecilla pequeña
señala el número siete.
La más larga
está en el 12.
Es hora de levantarme.

Tick tock, tick tock,
I hear the clock.
Its hands spin round the
      face.
Dressing for school,
I try to keep cool,
and pretend it is a race.

Tic, toc, tic, toc.
Escucho el reloj.
Las manecillas dan
      vueltas.
Me visto despacio
para ir al colegio
e imagino que es una
      carrera.

9

Next thing I know,
it's time to go.
The short hand's on the 8.
I tie my shoes
and grab my books
and hurry through the
    gate.

De pronto me doy cuenta
de que me tengo que ir.
La manecilla pequeña
    marca el 8.
Me ato los zapatos,
tomo los libros
y me doy prisa en salir.

12

Tick tock, tick tock,
I hear the clock.
I got to school just fine.
My friends are here,
The teacher's near.
We'll learn to tell the time.

Tic, toc, tic, toc.
Escucho el reloj.
Llegué temprano a la escuela.
Ya mis amigos están allí;
la maestra viene enseguida.
Hoy vamos a aprender el reloj.

13

14

Each clock has hands
that spin like fans
all throughout my day.
When the shorter hand
moves near the 12,
we put our toys away.

Las manecillas del reloj
dan vueltas y vueltas
como un ventilador.
Cuando la pequeña
se acerca al 12,
recogemos los juguetes.

It's time for lunch
so I grab a bunch
of grapes so good to eat.
We chew, we chat,
we munch, we laugh—
and then back to our
    seats.

Es la hora de almorzar.
Tomo un racimo de uvas.
¡Ay, qué ricas están!
Masticamos y hablamos
y comemos y reímos
y nos volvemos a sentar.

Tick tock, tick tock,
I hear the clock.
The little hand's on the 3.
Now school is out,
I give a shout:
"Yippee, yippee, yippee!"

Tic, toc, tic, toc.
Escucho el reloj.
La manecilla pequeña está
    en el 3.
Se terminaron las clases,
y grito de alegría:
"¡Viva, viva, viva!".

Back home I go.
I always know
Mom will be there waiting.
Run through the door
put my books on the floor—
What snack is she creating?

Regreso a casa
donde sé que mamá
siempre me espera.
Entro corriendo
y suelto los libros.
¿Qué merienda estará
    preparando?

Tick tock, tick tock,
I hear the clock
and run outside to play.
Full sprint I go,
can't be too slow
for my favorite time of day.

Tic, toc, tic, toc.
Escucho el reloj
y salgo a jugar afuera.
Voy a toda mecha,
y no paro de jugar
en mi hora preferida.

Tick tock, tick tock,
the clock goes on
as I run and laugh and slide.
Mom says stop
before I pop,
the short hand's on the 5.

Tic, toc, tic, toc.
No para el reloj.
Corro, río y me deslizo.
Mamá me llama
y debo regresar.
La manecilla pequeña
está en el 5.

Tick tock, tick tock,
I hear the clock.
The short hand's on the 6.
Time to eat!
It's time to eat!
Mmm, fish and carrot
  sticks.

Tic, toc, tic, toc.
Escucho el reloj.
La manecilla pequeña está
  en el 6.
¡Es la hora de comer!
¡Ay, qué rico está!
¡Pescado y zanahorias!

It's time to bathe,
but, oh, I've saved
some homework still to do.
I've learned about
telling time today.
Before bed, I must review.

Es la hora del baño,
pero aún me falta
hacer la tarea.
Hoy aprendí el reloj
y tengo que repasarlo
antes de acostarme.

Tick tock, tick tock,
I hear the clock.
The short hand tells the hour.
Which number does it point to?
Say that one for the hour.
The longer hand
is mighty grand.
It looks like I could spin it.
It's faster than the other one:
This hand tells the minute.

Tic, toc, tic, toc.
Escucho el reloj.
La manecilla pequeña
marca las horas
y se llama horario.
La más larga
de las dos
es el minutero;
se mueve más rápido
y marca los minutos.

29

Tick tock, tick tock,
I hear the clock.
The short hand's on the 8.
It's time for me
to rest, you see,
before it gets too late.

Tic, toc, tic, toc.
Escucho el reloj.
El horario marca las 8.
Debo irme a la cama
antes de que se haga
demasiado tarde.

Cover me up with blankets
   of fluff,
I'm dozing off to sleep.
Tick tock, tick tock,
I still hear that clock.
If it only had some feet!

Cúbreme con un suave
   edredón,
me estoy durmiendo ya.
Tic, toc, tic, toc.
Todavía escucho el reloj.
¡Ojalá que tuviera pies!

31

About the Author: Jamie Kondrchek earned her master's degree in elementary education from Wilmington University. She has taught pre-kindergarten and kindergarten. Jamie saw the need for read-aloud bilingual books that relate to curriculum standards for this age group. Since these books were often hard to come by, Jamie decided to develop her own collection, Little Jamie Books. She lives in Newark, Delaware.

About the Illustrator: Joe Rasemas is an artist and book designer whose illustrations have appeared in many books and publications for children. He attended Bennington College in Vermont and now lives near Philadelphia with his wife, Cynthia, and their son, Jeremy.

About the Translator: Eida de la Vega was born in Havana, Cuba, and now lives in New Jersey with her mother, her husband, and her two children. Eida has worked at Lectorum/Scholastic, and as editor of the magazine *Selecciones del Reader's Digest.*

JAMIE   JOE   EIDA

Acerca de la autora: Jamie Kondrchek tiene un máster en educación primaria de la Universidad de Wilmington. Ha dado clases de kindergarten y pre-kindergarten. Jamie se dio cuenta de que había necesidad de libros bilingües para leer en voz alta, que se correspondieran con los estándares del currículo para estas edades. Como estos libros eran difíciles de conseguir, Jamie decidió desarrollar su propia colección, Libros "Little Jamie". Jamie vive en Newark, Delaware.

Acerca del ilustrador: Joe Rasemas es un artista y diseñador de libros cuyas ilustraciones han aparecido en muchos libros y publicaciones para niños. Estudió en Bennington College, en Vermont, y ahora vive cerca de Filadelfia con su esposa, Cynthia, y su hijo, Jeremy.

Acerca de la traductora: Eida de la Vega nació en La Habana, Cuba, y ahora vive en Nueva Jersey con su madre, su esposo y sus dos hijos. Ha trabajado en Lectorum/Scholastic y, como editora, en la revista *Selecciones del Reader's Digest.*